補陀落まで

北條裕子

思潮社

補陀落まで

北條裕子

思潮社

補陀落まで　北條裕子

目次

半島　8
時の庭　12
水面　16
片翼の鳥　20
往還　24
渇愛　28
群青　32
不眠　36

願生 40
異名 44
悪食 48
出立 52
逢魔 56
泥 60
聖域 64
蝶 68
重誓 72
補陀洛 76
あとがき 80

装画＝井田光圓

補陀落まで

半島

鳥が
飛ぶ
雪灰色の空を
白い
鳥が　飛ぶ
飛びながら　何を待っているのだろう
手紙？　来歴？

永遠の眠りといったふうに　昼　寝入ってしまうことがある　目覚めると誰もいない
ふと　扉をあけて　隣の部屋にいく　目がさめて　無意識に探す　突然死んでいなく
なってしまったあのひとを　探す　思いついて　冗談のように　グーグルで検索する
キーワードは何にすればいいのか

白くととのったアパートの
どこかで
水がながれているのを
知るのは恐い

鳥が飛ぶ　白い色が雪灰色で　侵されていくのを　目で追いながら　口はひとりでに
偽物めいた　愛を舐める　雨が降ったら　あのひとはどこで　濡れるのだろうか　雪
灰色にほとんど染まった鳥は　空の上のほうの一点に　すいこまれて　やがて　見え
なくなった　あのひともこんなふうに　消えていって

血は流れない
ただ顔が歪んで
かすかな呻き声が聞こえた
羽毛のような雪が
明るい日のひかりと
交差して　舞っていた

酸性雨で溶けてしまった骨
あのひとの骨

では
さようなら
ごきげんよう

断念なんて　できない
息の仕方がわからなくなる
息つぎが　とくにむつかしい

でも　やっぱり　さようならだ
さよなら
さよならっ

突端まで行く
景色がめくれる　剥離する

時の庭

寡黙な秋を前にして
丈の高い百合が
小さな百合をかき抱いて
揺れていて。
背の高いものたちがあらぬ方向を向いて
庭中に
てんでに乱れ咲いていて。
そうだ　皆　いってしまったね。

白い魂。

百合を眺めたのち
あなたが見ているかもしれない
夢の底を
私も見ていた。
つるつるすべる面に閉じ込めていった
あなたの捨てた硬貨を
ひとつずつ取り出して
陽にさらしながら。

この頃では
息を吸う量も小さくなった。

夢の底には人も住まないが
いつか終わるこの世が
ずっとつづいていくことを願って。

あなたの気がつかないうちに
立ち去っていくものがいくつもあって。
夏が終わる日
百合たちもまた全員いなくなって。
無人になった庭
茫々と荒れ果てて。

鎖骨に受ける　死線を避け
風を束ね
その行く先を整える。

（風は不実ではないのだから）
囁く声を無視して　顔をあげると
たくさんの陽の道筋が　広がっているのであった。

水面

すでに用意は
できていた
でかけよう　と

まわりに広がる
この音のない水は
沼と呼べるものか

水のそば
羽をふわりふくらませて
たった一羽
とどまっている
白い　鳥

未だ剝いたことのない時間を
あらためて
明日と
名づける

顎をひく
ひき抜く根っこ
いつも私のそばを

にぎやかにつま先立って　駆け足で
通り過ぎていくものを
決して　見逃しはしない

水滴をはじく羽毛の鳥を
脇にかかえ　息をとめ
沼と呼ぶ　水のひろがりを
いっしんに　かきわけていく

片翼の鳥

夜も更けて
あと残すのは　眠ることだけ
もうすぐ片翼の鳥が
私の脳髄を啄ばみにくるだろう

夏の予定はすでに埋まった
腐った死体を　光る死体に　換える仕事
これが一番　時間がかかる

どこに着地するかわからない恋は
今始まったばかり
訪れを待っても
訪ねて行っても
苛立たしく
ひとりのかげが
石壁にうつっている
あなたがここにいれば
よかったのだけれども

どんなに永い年月　生きてきても
慣れるということはなく
傷はそのたびごとに
新しく　心の肉にしみて

半身を剝がされて
残った半身が痛いと
感じないとでも

ここで別れて　あなたと私が
別々の人間に　なる　なんて
右手首までを口にさしこんで
叫びだす声を　こらえている

往還

ある日　からだの後ろが
どうも突っ張った感じがするので
ゆっくりふりむいたら
そこには傷があるらしい
静かにしていると　ずきずき痛む
脇腹の背中側で
自分のからだなのに
首を回しても

どうしても眼のとどかないところ

その傷を胸におさめて
戸をあけて
往来を歩いてみようか
みみずばれになってもかまわず
どこかへ向かって

ここが一番よいところときづくためには
どこかよそへ行かなくてはならないから

そこがどこか
この場所ではないことだけは確かなのだが
ましてや地獄などではなく

水や川も流れていない
うごきのない静かなところ

そのなかをたった一人で
逆しまになって歩いて行くのだ

渇愛

風がふわりと
ふきぬける

指さきで　追っても
やはり　とどかない
いるべきひとが
いないとは
こんなようなものだ

輪郭さえおぼつかなくなった
そのひとは
どこにいるのか

いいえ
まっすぐに
どこまでも　追って
とどかなくても
木の虚には
きっと　ひそんで

わたしはそのひとを
いつか

思いがけず
傷つけてしまうだろう
そしてなにもできないまま
立ち去るだろう

だから今はまだ
たちすくんで
そのひとを
思う
風が死ぬまでは

からだの奥の
音を
いつまでも　聴いて

じっと
とまどって　たちすくんで
ください

からだにとどく
水のようなものと
種のようなもの
すこし

群青

群青を孕んだ朝
あのひとは逝った
皺だらけの顔を歪めて
唾の垂れる唇を　ひらいたまま

入り組んだ人垣が　なかった頃
どんな汗が　路地裏に満ちていたのか
断崖から　身を投げる間もなく

世界は乾いていった

こころの泣き声
発せなくて
もっと深くと
耳もとで誰かがささやく
そう　もっと深く　つながって
肉の断片に
身体が傾いて

日々は零れて
繰り返される山並みは
街を閉ざしていく
ひとりになるのよ

あのひとがいう言葉を聞き流しながら
ひとしきり鏡獅子のように
頭を振って　視界をねめつける

もう還ってこないのですか
暗がりで　ようやく
いなくなったあのひとに　問いかけると
そこは　とうに
異郷なのだった

不眠

今夜も曇天に
天使が笑う
ここにいるよ
ここにいるよ
いちにちが終わる時
永遠が羽をふるわせて
かすかにきみを呼ぶ

暗い穴の中
風がゆっくりと
もっと広がる
いつか空に向かって
飛んでいけるように

夜になるときみはいつも
いちばん濃い赤の
淀みの底に
人知れず　傾いてゆく

夜はあまりにも
さまざまなもののかたちを
むきだしにするので

今夜もきみは
眠ることができない
そしてもう二度と
顔をあげては
生きていけないと
思いこむ

眠れなかった次の日の朝も　苦手
嘔吐色の寂寥が
針のように襲うから
相手かまわず
きみは電話のベルを鳴らし続ける

だから

赫とんぼの乱れ飛ぶ
漆黒の
朝と昼と夜
手に触れてくるその生き物を
みんな摑んで
きみに預けよう

血肉を与え　与えられた人々によって
植えつけられた空疎を
ずっと忘れることができなくても
いつかきみが
眠れる時が来るように

願生

――死んでしまった母と無数の死者たちに

このところ夜になると
決まって
雨が降ってくる

雨の下　腐っていく草の葉　ちいさな芽　蕾たちが　身の陰にひそんで　花粉状のも
のをこぼす　雨が降ると　生きていることを休んでいいよと　言われているようで
願いをこめて　自分の膝を引き寄せ　眼差しも折り畳む　細かなものが　さやさや
さやさやと　私の廻りに　降りつもり続ける

ふいと　誰かが　ラジオのように時間をチューニングするので　今がいったい何時なのか　わからなくなってしまう　窓ガラスの向こうを　顔のない生物が歩いている落ちているよ　落ちているよとつぶやきながら　そこいらを　びしょびしょに濡らして　通り過ぎていく　あれらも腐った葉や芽や蕾なのだろうか

境内にたっている太い欅の老木　風が光りながらその中を通り過ぎていく　傷口は埋められることなく　かすかに開いて　死んだ母の声を吸い取っていく　纏わりつくことで　ふたたび　たちあがることができると　生きているものと死んでいくものたちが　風で仕切られて　遠くの空へ散らばり　別れ　別去れ　またの逢瀬を願う

どこにいるの
どこにいるの

季節を超えた鳥は　いつでもここに来て　啼き　騒ぎ始める　幾羽も　幾羽も　散ら

ばって　苔のはえた盛り上がった木の根元に　群がり　群がりながら　かすかな声で
爪先だって　腐った葉　ちいさな芽　蕾たちをかいくぐって　やって来るものを探し
続ける　日に晒されて　伸ばす　鳥たちの　黄ばんだその細い咽喉もと

玲瓏たる日には
背伸びをすると　坂の上から大きな水の線が見える

それをまっすぐたどるその時まで

いつか鳥の目を失って
虫の目になる
その日までは

鳥も私もきりなく啼き続けて

異名

指を鉤の字に曲げながら
店先でつい呼ぶ
咽喉にひっかかってでてこない名前
いつのまにか
白濁した空気の渦から
外へ
うきでてくる根の曲がり
くすんだ暗いガラス陳列棚の

絵皿の
縁・釉薬の色にむけて
血が　騒いでいく
ほんの一瞬でも
振りむいてくれないか
もうすっかり忘れたと
そんな風に言われても
地団太踏んで
埃と塵の舞う行き止まりの
階段あがり
振り返り
振り返りながら
あの名を呼ぶ
呼んでみる

蹴っ飛ばしの
草むれのなかのひとりに
なったほうがいいのか
（罵る声は期待に満ちて）

確実に風が騒ぎ
下腹の方からえぐりとられ
髪の毛を乱して　四方を見廻す
こんな寒い夜に　巡りあうとは

悪食

眠ろうとすると
滝の音が聞こえてくる
世界が端のほうから
折れて
崩れ落ちていく
音だ

夜はさびしさから

いつも決まって
悪食する
脳の襞
皮膚　などに
刻印された骨の目を
食べる
舌で味わうものの確かさは
あくまで不確かに溶ける

光る眼の
見知らぬ若者とすれ違う朝
ただつながりを持つためにだけ
刺し違えても
いいと強く思う

震災
焼けただれた靴の中の
白い花
甦った民草の僧侶が
水の端に消えていった人たちを
弔う

死者にかわって
遺族の看取りを行うのか
自分の胸を縦に切り裂きながら

どうしようもない鳥が
空の中　溺れるように

右羽を扇形に掲げる
露呈した人の内臓を
絶え間なく
啄ばもうと

出立

夏になると
身体を覆っていた薄い膜が
剝がれおちて
きみは　急にひとりになる

暗闇で見開いている花
腹のなかで見開いている眼
きみの思いの陰で

内臓の内側にはびこっている
どくだみの花は
何を凝視している?

昨日のずっと前
過去の過去
きみが砂粒のように
流れの渦の中にまきこまれ
川底の
微細な石になっていった時まで遡って

風が吹いてきて　気がつくと
庭には
どくだみの花が

地を這うように咲いている
しろい花々を
眼で追うと
そのあとが血の点々の残像となる
ふくらはぎが裏返る

どくだみの花々が毛細血管のように
散らばる
夏の庭で
思いを息として細く吐き出し
草叢の上に横たわる

腕をあげて
手をひらき

どくだみの匂いを嗅ぎながら
指の先から
ゆっくりと
きみは　失血していく

縁石に
日があたっている
遠くで
死んだ母の声が聞こえて

逢魔

夕方
どこかで
無数の枝が折れる
気配がする
深く沈む声と
ふきすさぶ風にからめとられて
たったひとりでたちすくむ
暗くなっていく空と

過ぎ去っていく時間が重なって
ふいに　ぼんやりと
影が立ちあがる

逢いたかった

待っていたもの
願っていたものが
待っていた　という声も
消し去るように
そこにいる

逢いたかった

指先をのばして
触れようとすると
嘲笑いながら
遠ざかり
今日という
皮が
空いっぱいにめくれて
もう　夜がきた

泥

気がつくと
くろぐろとした蔵の
外壁に
歴史を洗う
雨が降っていて

両側の
雨のすだれを通りぬけて

濁流の渦のまなかにたちすくみ

すれちがいざまに
男を
私ではない口で
はてしなく罵る
空《くう》をつかんで
痩せた瘤に触れ
当惑して
立ちどまる
雨粒が茫々と斜めに降って
軒先がけぶる朝

「いつまでも待っています」

「足の震えるごたるあります」

どろ路にふみ迷ふ　新しい神曲の初め*

泥のような一生だったか
草のような一生だったか

骨の手で
一本の木片から
ひとつのかたちを掬いあげる

人の音がきこえる夜は
泥寧の布団を纏う
雨のさんざん　降るなか

自分の背中を抱いて
眠るのだ

＊西脇順三郎『旅人かへらず』より

聖域

さっきから　少しだけ
空気が重くなって
雨が降ってくる
気配がする

こらえきれずに雷が鳴る
この怒りの砦　誰も言葉など　発することはできない
サンクチュアリ　冬　光が目覚めるところ

銃をかまえる姿勢で　人の背丈の　細い　桜枯れ木が立っている

今日もやっと夜が来て　静まることができたが　深く沈めず　沈んでいけず　またすぐ朝になり　垂直に立ちあがり　移動する日々　あの場所から　ようやくここにきたが　心はすでに　別の場所を　思っている　このさき　どこへいけばいいというのだろう　水の上の景色を眺める　沼の面に　自分が映っている　風景ごと連れ去られて

せめて　艀でもあればいいのだが
からだごとたゆたう艀は
この小さな水の広がりには　見あたらない
水の上を漂うこともできず
ただ見ている
沼を
緑色の水を

そこに映る　かたちを
顔は　ゆらいで　罅われて

いつまで　ここにたちすくんでいればいいのか　じっと聴いている　轟く雷の音を
降りしきる雨の音を　罰はこの身に滲みて　したたり　落ち　顔をあげると　沼の周
縁を縁どる木々が　風に撓うのが見える　ここで撃たれよと　ここで朽ち果てよと
声はしきりと耳にささやく　沼の奥底に鎮まりたい欲求　底辺になりたい欲求がつき
あげ　水のアオミドロに　両手を刺し込む

手はつかむ
水を
かたちのない水を
崩おれる水を

やがては　からだごと　崩れ落ちる
今　この一瞬　したたって
腐植土となり果てて

蝶

——エリザベス・キュブラー・ロス*に

暗い収容所の壁に　目をこらして　執拗に　蝶の姿を探す　光がないせいか　どこに
も蝶の姿は見当たらない　あのひとは　蝶の群れが　一羽の巨大な蝶によって導かれ
渦をなすのを確かに見たと　言っていたのだが　何故　蝶はいないのだろうか　マイ
ダネク　マイダネク　確かにここに　蝶はいる筈なのだが

充血した眼を閉じると
かすかに蝶の影が　眼裏を過ぎる気配がする

描かれていないものに
思いをはせる

母が死んで
私の一部が
欠けてしまった
大切なものが
なくなるたびに
少しずつ欠けて
私は0に近づく

孤独な　ヒシクイ
毒をためて死んでいく

この先も生きていこうと
思えればいいのだが

暗闇の奥に
手を伸ばし
蝶が上下しながら　とんでいくのを
捕まえようとしていたあのひとに
似ていく私

私の左眼の中にも　蝶のかたちした影がとんでいる　それは眼の病気なのだと知って
はいるのだが　私には　マイダネク収容所の壁に描かれた　蝶にしか見えない　追い
払っても　追い払っても　左眼の中から　逃げていかない　三週間前に暗がりから
とんできた蝶

この世から　ゆたゆたと　あの世との閾をまたいで
とんでいく
この左眼の
病の蝶
あのひとの運命を確かなものにするために
その太った胴を
今　虫ピンで留める

＊一九二六〜二〇〇四年　スイス生・精神科医
死と死ぬ瞬間についての画期的な本『死ぬ瞬間』
の著者

重誓

心をこめて誓ったその日
夜の淵で
たどりつくのは　水に濡れた小さな陸地
しがみついたところで
眼がさめる
覚醒して　うしろを振りむいた刹那
すべてのガラス窓が
いっせいに　ぎらり開いて

身体が震える
もぎ取られる果実
雲の果て

私は追放された
この場所に
うまれたときの　あの部屋には
もう二度と戻れないのがわかったので
重ねて誓う

重ねて誓おう
これから先も生きていくためには
どんな花をも　美しく降らせてみよう

どんな傷をも　花として開かせ
地上の至るところで
腐らせてみせよう

補陀落

散るはなびらに　囲まれて
湯に　つかっている
はなびらが　あわただしいので
身体が　思うようには　ほとびていかない

今日も脚が痛かった　動けなくなるのは　怖い　うずくまったまま　生きていくのは
もっと怖い　それで　階段をつたい歩く　たどたどした動きが　たどたどと纏わりつ
く　この身に代わる　木の下闇がざわめいて　もうすぐ夏だ　痛みの鋭くなる季節

脚をさすりながら　戸袋をあけて　そこから通ずる暗がりに　あのひとはいるのだろうか

ここにいるよ
ここにいるよ
ささやく声が聞こえて

あのひとが死ぬ間際まで　使っていた化粧水を　今　私が使う　あのひとの皮膚ににじんでいた汗がいくたりか　私の上をつたう　風が吹いてきたので　水が斜めに流れる　手の甲のほうでその水を堰きとめる　見あげると空が青くて　しんそこさびしかった　声のするほうに顔を向けても　誰もいない　風が盲いて　しらじらと色褪せて

あくる日
誰かれかまわず

電話をかけて
いったい
誰の声が聞きたかったのか

あのひとは水の中に溶けていて　いったいどこに動いて行ってしまったのだろう　確かに水は堰きとめたはずなのに　そのことを電話で　聞こうとしていたのか　受話器からはもしもしという　私の尋ねる声だけがしたたって　失うことは忘れることではないのだが　もしもしと問う声は　痛む脚にも纏わりついて　風がまんべんなく　空の上のほうの隅のすみまで　吹きわたって　遠くまで　呼ばわる声がとどいて

生きていて
もう死んでいくものの気配　もの
離れていって
もう戻らない気配　もの

水ではなく　風に纏わりついて
わが身を　ひとり　いつでも　いつまでも
掻き撫でて
声が罅われて
巡りながら巡られながら
風が流れていって
あのひとの亡骸をこそいでいって

あとがき

人と話すことが苦手だ。話している時いつも声が自分のものでない気がする。なめらかに自然に言葉がでない。加えて声に潤いが足りていないのが恥ずかしい。落ち着いて喋っていてもきしんで言葉が躓いているのを感じる。

詩を書いている時は、きしんでいない、と実感する。いつも身近に、海や湖や沼や雨や霙が、自分を取り囲んでくれる気がして安心できる。思うようなものを書けているということでは決してなく、それらの近くにいられるということである。

母が亡くなって七年がすぎた。何かが徹底的に失われたのだと思う。悲しいというより欠けたという感覚のほうが強い。

　母を始めとする幾人もの有縁、無縁の死者たちは、今どこで何をしているのだろうか。声を届けたいが、どこに向かって発したらいいのかわからない。

　詩を書いている時には、それらの死者とつながっているだろうか。また話したいのに思うほど話せない生者の方たちにも、自然に声を届けられているだろうか。

　つながりたい、届けたいと強く願う。


　詩集『補陀落まで』刊行に際して、さまざまな方のおちからをお借りした。心よりお礼申しあげます。

　二〇一八年　夏

北條裕子

北條裕子（ほうじょう・ひろこ）

一九七一年　詩集『形象』（母岩社）
一九七七年　詩集『水蛇』（言葉の会）
二〇一四年　詩集『花眼』（思潮社、第五十四回中日詩賞）

詩誌「木立ち」同人
日本現代詩人会・中日詩人会　各会員
日本現代詩歌文学館評議員
真宗高田派　遠成寺坊守・珠光院釈妙誓
現住所　〒九一三―〇〇四五　福井県坂井市三国町南本町二の四の二十一

補陀落《ふだらく》まで

著者
北條裕子《ほうじょうひろこ》
発行者
小田久郎
発行所
株式会社思潮社
〒一六二―〇八四二　東京都新宿区市谷砂土原町三―十五
電話〇三（三二六七）八一五三(営業)・八一四一(編集)
FAX〇三（三二六七）八一四二
印刷
三報社印刷株式会社
製本
小高製本工業株式会社
発行日
二〇一八年八月十日